Inge Heym
Die Leute aus meiner Straße

Inge Heym

Die Leute aus meiner Straße

Berliner Geschichten

Eulenspiegel Verlag

Für Lulu

Die Geschichten entstanden 1982
und werden hier erstmals veröffentlicht.

Inhalt

Je oller je doller

Ich weiß es von meiner Mutter. Die alten Frenzes wollten sich scheiden lassen, aber die Klage wurde vom Gericht abgewiesen.

Is ja auch Quatsch, sagt meine Mutter, jetzt noch auseinander laufen, den Ollen sticht der Hafer.

Meine Mutter geht jeden Tag zum Friedhof. Bei schönem Wetter setzt sie sich ein Stündchen auf die Bank. Mal kommt der eine, mal kommt der andere, so hat man seine Unterhaltung. Die hier ihre Gräber besuchen, haben ein Leben lang in der Straße gewohnt. Man kennt sich, man weiß voneinander.

Die alte Frenzen selbst hat meiner Mutter die Geschichte erzählt. Und Wilhelm Frenze hat sie ihr auch erzählt. Man muss beide Seiten hören, sagt meine Mutter.

*

Hier ist, was die alte Frenzen erzählt hat:

Diese Schande, auf unsere alten Tage diese Schande. Der Schlag soll ihn treffen. Ich kann mich kaum noch auf der Straße sehen lassen. Die Leute zeigen mit Fingern auf einen. Mein Leben lang hab ich mich anständig gehalten, die Kinder großgezogen, ordentliche Menschen. Keiner kann mir was nachsagen. Und jetzt das auf meine alten Tage. Dreiundfünfzig Jahre verheiratet, und jetzt das. Immer hab ich so gelebt, dass ich nicht ins Gerede komme. Ach Gott, hab Erbarmen mit mir! Man muss sich die Augen aus dem Kopf schämen. Spießrutenlaufen. Er hat nur an sich gedacht. Sein ganzes Leben lang hat er nur an sich gedacht. Ich war zu gut für ihn. Seine eigene Mutter hat ihm das gesagt. Auf ihrem Sterbebett hat sie gesagt, sei gut zu Emma, eine bessere Frau findest du nicht. Ich hab alles für ihn getan. Er konnte sich nicht beklagen. Aber das ist der Suff. Der Alkohol hat ihm den Verstand genommen. O mein Gott, wenn das seine Mutter wüsste. Mit sechsundsiebzig Jahren vor Gericht. Hätten sie ihn man eingesperrt, hätt er ruhig die acht Monate absitzen sollen, da hätt er über alles nachdenken können und wär vielleicht in sich gegangen. Nu hat er acht Monate auf Bewährung. Jetzt sitzt er mir zu Hause rum und tut, als ob er kein Wässerchen trüben könnte. Acht Monate Gefängnis auf Bewährung wegen groben Unfugs. Der Mensch ist sechsundsiebzig Jahre alt. Wenn er fünfundzwanzig wäre, könnte man sagen, ein dummer Jungenstreich, unüberlegt. Aber mit sechsundsiebzig Jahren! Da weiß man doch nicht, was man dazu sagen soll. Und Meta, Meta ist nicht mehr da. Sonst konnte man immer mal rüber gehn zu Meta. Vierzig Jahre haben wir Tür an Tür gewohnt. Ich darf gar nicht drüber nachdenken. Sie hat ja eine Strafe verdient, das Luder. Aber doch nicht gleich so. Wilhelm hab ich ihm immer gesagt, lass das mit dem Trinken, du verträgst das nicht. Aber nein, jedesmal, wenn er die Rente abgeholt hat, gleich rein in die Kneipe. Ich habs der Schrödern gesagt, mein Mann verträgt nichts, hab ich ihr gesagt. Ins Gesicht immer freundlich, das falsche Stück, aber hinter meinem Rücken hat sie ihm natürlich doch verkauft, einen Schnaps nach dem andern. Bis es mir gereicht hat. Das konnt ich mir nicht länger mitansehn. Ich hab mein Bett ins Wohnzimmer gestellt. Früher war ich nicht energisch genug. Ich hätte viel energischer sein müssen. Na, man war jung. Aber jetzt ist Schluss. Bei mir nicht mehr, hab ich ihm gesagt. Das hat ihn gewurmt, wo ich mein Bett ins Wohnzimmer gestellt habe. Danach hat er dauernd bei Meta drüben gesessen. Ich hab ihr klaren Wein eingeschenkt. Das fehlte mir noch, dass er auf seine alten Tage anfängt rumzuscharwenzeln. Ist ja nicht mehr viel mit ihm los, das hab ich Meta auch zu verstehn gegeben. Aber trotzdem, ich will kein Gerede. Hat er mir doch dauernd davon gequasselt, dass er sich aufhängt. Ich hab gewusst, der hängt sich nie auf. Sieh dich man vor, hab ich ihm gesagt, dass der Strick nich reißt, bei deinem Gewicht. Und dann is es passiert. Wie ich vom Einholen komme und mir nichts dir nichts in die Küche rein, da hängt er am Fensterkreuz. Der Schlag hätte mich treffen können. Ich hätte auf der Stelle tot umfallen können. Aber das bedenkt so ein Mann nicht. Immer nur er. Immer Egoist. Mir falln die Taschen aus der Hand, und ich stürze nach nebenan zu Meta. Wer hätte das geahnt. Dass er das wahrmacht. Damit konnte man doch nicht rechnen. Vielleicht bin ich zu hart mit ihm gewesen. Ogottogott, was soll jetzt werden. Ich wusste nicht, wo mir der Kopf steht. Zur Polizei, sagte Meta, auf alle Fälle erstmal zur Polizei. Ich also, wie ich geh und steh, aufs Revier. Mein Mann hat sich aufgehängt, sag ich, am Fensterkreuz in der Küche. Einer von die Polzeimenschen, so ein junger Bursche, kommt mit mir in die Wohnung. Ich hab den ganzen Weg geweint und geschluchzt, war mir egal, was die Leute denken. Dreiundfünfzig Jahre verheiratet, und nun muss es so enden. Die Kinder, ich muss die Kinder benachrichtigen. Den Sarg werd ich lieber bei Schratt in Pankow bestellen. Der macht solide Arbeit und is auch nich teurer wie das Beerdigungsinstitut hier bei uns. Da sind wir reingefallen, wo Erwin gestorben is. Das war kein Sarg, das war eine rohe Bretterkiste. Und die wollten uns einreden, so was is modern. Ich bin nich fürs Moderne. Ein Sarg muss dunkel sein, schwarz, muss was Feierliches haben. Also, was soll ich sagen, ich komme mit dem jungen Menschen, dem Polizisten, die Treppe hoch, da hör ich ein Geräusch in unsrer Wohnung. Die Tür steht offen. Ich rein. Und was seh ich? Mein Wilhelm steht unterm Fenster und knüppert die Wäscheleine los. Meta liegt tot vorm Küchenschrank. Wilhelm, hab ich geschrien, das weiß ich noch. Dann wurde mir schwarz vor Augen. Die Küche fing an, sich zu drehn. Es war zu viel.

*

Und so hat Wilhelm Frenze die Geschichte erzählt:

Dieses Weib ist an allem schuld. Sie hat mir Tag für Tag die Hölle heiß gemacht und mir in den Ohren gelegen. Ich werd mir wohl auf meine alten Tage noch ein Schnäpschen gönnen dürfen. Aber nein, sie redet und redet, dass man nicht weiß, wo man hin soll. Schließlich hab ich sie reden lassen und nicht mehr hingehört. Ins eine Ohr rein und aus dem andern raus. Was soll ich mich mit ihr streiten. Heute frag ich mich, wie ich das die ganzen Jahre hab aushalten können. Na, man war eben jung. Da war alles noch anders. Wenn ich von Arbeit kam, war sie froh, dass ich zu Hause war. Jetzt muss ich mir den ganzen Tag das Lamento anhörn. Und wo ich denke, lass sie reden, schweig, da wird sie gemein. Nimmt ihr Bett und zieht ins Wohnzimmer. Wie das aussieht. Das Bett passt da nich rein, hat überhaupt keinen Platz im Wohnzimmer. Ich will auf meine alten Tage nich wie im Möbellager leben. Ich brauch meine Ordnung. Stell ich mein Bett vielleicht in die Küche? Ich musste ihr einen Denkzettel verpassen. Die war ja wie aus dem Häuschen. Hetzt auch noch die Leute gegen mich auf. Sowie ich mal drüben war bei Metan, gleich war sie hinterher. Hat der Meta gesagt, dass nichts mehr los is mit mir. Meta hats mir wiedererzählt. Na, ich hab Metan gezeigt, was mit mir noch los is. Die hat vielleicht Augen gemacht, die hat nur gestaunt hat sie. Hab meiner Emma gesagt, dass ich mich aufhänge, wenn sie mir weiter das Leben schwer macht. Ich hab sie gewarnt. Treib mich nich zum Äußersten, hab ich gesagt. Aber es hat alles nichts genutzt. Sie hatte kein Einsehen. Ich musste handeln. Als sie einkaufen war, hab ich die Wäscheleine ums Fensterkreuz geknüppert, einen Haken, der hält, hinten in die Hose, und das Ende von der Leine um den Hals. Am besten is in der Küche, hab ich mir gedacht, da kommt sie zuerst rein. Wie ich sie am Türschloss rumpötern höre, strecke ich die Zunge aus dem Hals und drehe die Augen nach oben. Und richtig, sie kommt rein. Erst nichts, eine ganze Weile Stille. Ich denk mir, du lieber Gott, lange halt ich das nich aus in der Stellung. Da lässt sie die Tasche fallen, schreit und rennt raus. Na, das hat gesessen. Ich bin schon dabei, mich wieder rauszuheddern, da hör ich sie mit Meta auf dem Flur von der Polizei reden und wie sie die Treppe runterpoltert. Nu aber nischt wie hinterher, denk ich mir. Auf einmal leise Schritte übern Korridor. Ich wieder rein in die Kledage, Zunge raus, Blick nach oben. Richtig, Meta kommt. Will wohl Abschied von mir nehmen, mich nochmal sehn, das gute alte Mädchen. Bin ganz gerührt und will ihr schon ein Zeichen geben. Is ja alles nur Spaß, Meta. Aber Meta guckt gar nich zu mir. Sie geht schnurstracks zum Küchenspind und nimmt die Porzellandose raus, wo Mutter ihr Geld drin hat. Das is doch ein starkes Stück. So ein verdammtes Luder. Hat der Mensch dafür Worte? Sie nimmt das Geld und steckt es in die Schürzentasche. Das Weib muss einen Denkzettel kriegen.

Ich grunze, heb den Arm und bewege drohend den Zeigefinger vor meinem Gesicht hin und her. Sie sieht mich, reißt Mund und Nase auf und fällt um, ohne einen Mucks. Ach du lieber Gott! Ich bleibe am Fensterkreuz und verhalte mich still, weil ich bedenke, sie möchte sich zu Tode erschrecken, wenn sie die Augen aufmacht und sieht, wie ich mich abseile. Aber dann dauert mir die Sache zu lange, und ich mach mich raus aus der Hedderei. Da hör ich Schritte, die Treppe hoch. Na, nu is schon alles egal. Mutter kommt mit der Polizei. Sie sieht, wie ich mich losbinde, und was soll ich sagen, sie fällt auch um. Sind selber dran schuld, die Weiber. Ich bin der Dumme, wie immer. Mit Muttern is nu kein Leben mehr. Lange mach ich das nich mehr mit. Dann is Schluss. Ich nehme meine Sachen und zieh aus. Anni Schröder, in der Promenade, die weiß einen Mann wie mich zu schätzen, die weiß, was sie an einem wie mir hat. Da können die Leute reden, was sie wollen. Ich zieh zu Anni Schröder.

Mein Nachbar, der Künstler

Wenn ick da jewesen wäre, wär det alles nich passiert. Der Mann is auf eine jewisse Art nich zu jebrauchen, ick hab ihn aber trotzdem gerne. Er hat so wat Besonderes. Der sieht die Welt von ne janz andre Seite an. Is nich mal so verkehrt. Und hochjebildet, hochjebildet is der Mann, hat jahrelang studiert, erst uff Rechtsanwalt und denn uff Kunst. Manchmal denk ick, der is überstudiert, muss sich wat verheddert haben in sein Jehirn. Andrerseits, wo unsereener sich drüber uffrejt, det nimmt der janz jelassen hin.

Er brauchte eenen, der sich um ihn kümmert. Mit Frauen hat er keen Glück. Wenn er sie liebt, liebt sie ihn nich, wenn sie ihn liebt, liebt er sie nich. Zweemal war er schon verheiratet. Is schief

jegangen. Die letzte war so für jesunde Lebens-
weise, FKK am Ostseestrand, Natur und det allet,
immer frische Luft. Er aber liebt es auf dem Sofa
zu sitzen, alle Fenster zu, det Zimmer blau von
Zigarrenrauch und nen steifen Mokka aus Meiß-
ner Tässchen, dazu Musik, Verdi und Garibaldi
und wie die alle heißen und gehobene Unterhaltung.

Dass det nich zusammen geht, war ja klar.

Aber wies so is mit die Damen, zuerst Kuschi-
muschi, alles eitel Wonne, Lieberchen hinten,
Lieberchen vorne, du und ich wir beide, da is
ihnen nischt zu viel und keen Opfer zu groß, und
bei son Künstler überhaupt, egal ob er singt oder
malt oder schreibt. Da wolln se denn die Muse
sein von son armen Menschen und ham den Kopp
voll Flausen. Erst legen se sich hin, und wenn sie
ihn jeheiratet haben, legen se sich quer. Denn
wolln se dies und das, und nischt is ihnen mehr
recht, allet umkrempeln.

Und denn jehts los mit die Selbstverwirklichung
und Emanzipiererei. Und weil se immer een brauchen, der schuld is an ihre Kalamität, is et der
arme Mann, der is der faule Hund, der Unter-
drücker, Schmarotzer, der sich een Fetten macht

uff Kosten von son zartet schwachet Jeschöpf. Der Mann geht dabei kaputt.

Ludwig is ein verträglicher Mensch. Paar Jahre hat er allet mitjemacht. Ihr uff Annonce alte Spitzen und Spieluhrn jekooft. Is ooch, wo se denn det Kind hatten, mitjefahrn im Sommer an die Ostsee. Ne Kammer uffn Dachboden und Flöhe und jeden Tag fünf Kilometer zum Strand mitn Fahrrad über Feldwege und durchn dicken Sand. Det Kind vorne im Korb und die janzen Sachen, Sonnenschirm und Windschutz und Essen und allet mit, die Sonne im Jenick und Mücken und Bremsen und det janze Viehzeug. Und denn int kalte Wasser und Sandburg baun, am FKK-Strand, immer mit den nackten Pipel im Wind. Wat der Mensch jelitten hat jeden Tag. Acht Pfund hat er abjenommen und kam ganz elend wieder. Aber seine Frau war begeistert und meinte, det is jesund. Und sie hatte gleich fürs nächste Jahr jebucht. Doch da hat Ludwig sich durchjesetzt. Er is nich mehr mitjefahrn. Det ganze Jahr über hat er alle Termine verschlampt und hatte nu ne plausible Ausrede, arbeiten. Da is sie alleene los mit det Gör, jemault natürlich. Ludwig war froh, dass er seine Ruhe hatte und nich mitn Fahrrad durchn Sand musste. Wenn een heißer Tag war, hat er sich in die Badewanne jesetzt, und nachts wars kühl in seine Zimmer, schöne Altbauwohnung, da hat er denn jearbeitet. Manchmal, wenn ick nich grade unterwegs war, sind wir abends wat essen jegangen und een Bier trinken, warn schöne Stunden.

Nu kam die aber nich wieder. Drei Wochen, vier Wochen, fünf Wochen, Ludwig fiel vom Fleische. Mit die Esserei war bei ihm schwierig, jekocht hat er sich nischt, bloß Büchsen, und wenn er jemerkt hat, dass er Hunger hat, warn die Jeschäfte schon zu und die Kneipen ooch. Er konnte ja bei mir kloppen zu jede Tages- und Nachtzeit, bloß ick war dauernd unterwegs. Ick nehme an, war ooch die Unruhe, die an ihm jezehrt hat. Schließlich sechs Wochen alleene als Mann, und immer den Jedanken im Kopp, das liebe Weibchen flaniert am FKK-Strand rum. Ick hätte det nich mitjemacht.

Also nach sechs Wochen fragt er mal an per Telegramm mit Rückantwort: Wann kommst du? Und Madam geruht zu drahten dann und dann. Er los mitn großen Blumenstrauß und uffjeregt wien Bräutigam uffn Bahnhof. Allet vorbereitet für den Empfang von Madam. Und wie er abends denkt, nu is et endlich mal wieder soweit, er kann sein Weibchen in die Arme schließen, sagt die: Nee, jeht nich. Druckst rum und erzählt ihm, dass sie mit nem andern jepennt hat und nu erstmal Zeit verjehn muss. Zieht die doch ooch noch ne große moralische Schau ab und spielt die Jungfrau von Orleang.

Da hat Ludwig, der keener Fliege wat zuleide tun kann, sie verprügelt. Und det war det einzig Richtige. Er hat sie so verprügelt, dass sie in Angst um ihr Leben im Nachthemde aus de Wohnung jeloofen is über die Straße bei ihre Freundin. Und Ludwig mitn Besen immer hinterher. Det hat sie ihm übeljenommen, und über diese brutale Seite in sein Charakter war sie schockiert, hat sich entehrt und in ihre weibliche Würde verletzt jefühlt und am nächsten Tag die Scheidung einjereicht.

Ludwig, hab ick zu ihm jesagt, du hast dir völlig korrekt verhalten. Die hat sich wohl jedacht in ihrn emanzipierten Kopp, du setzt dich mit ihr händchenhaltend aufn Bettrand und diskutierst die Sache aus und sie legt schluchzend ihr Haupt an deine Brust. Junge, du hast ooch ne Würde, hab ick jesagt. Dumme Ziege, wenn sie schon so wat macht, soll sie nich anjeweent kommen, soll se det mit sich alleene ausmachen.

Ludwig wollte nich jeschieden werden. Er hat det Ganze ja schon mal erlebt. Die kriegt det Kind und ooch die Wohnung, und er verliert allet, die Frau, det Kind, sein Zuhause. Er is vor ihr uff die Knie jesunken, hat sich sein Bart abrasiert, nischt mehr gegessen und getrunken, bis er ohnmächtig umfiel. Die blieb hart. Scheidung.

Vor Gericht hat sie denn uff arme vernachlässigte Frau jemacht und jesagt: Mein Mann hat die Moralauffassungen des 19. Jahrhunderts.

Das stimmt nicht, hat Ludwig gesagt.

Und was haben Sie für Moralauffassungen, hat die Richterin gefragt.

18. Jahrhundert, hat er gesagt.

Die Ehe wurde sofort geschieden.

Lass dir det ne Lehre sein, hab ick ihm jesagt, heirate nich mehr. Konzentriere dir uff deine Arbeit, koof dir wat für dein Geld, sieh zu, dass du ooch mal uffn grünen Zweig kommst. Schaff dir wat an.

Ach Carolus, schweig still, sagt er, hier ist die

Karte, IFA-Vertrieb, letzte Woche mit der Post gekommen. Das Auto, ich kann es abholen. Aber was soll ich mit einem Auto, ich brauche eine Wohnung.

Vor zehn Jahre, wo Ludwig sich von seine andere Tusnelda jeschieden hat, hab ick ihm jesagt, heirate nich mehr, meld dir fürn Auto an. Ein Auto is wat Schönet, da biste ein freier Mensch.

Was soll ich mit einem Auto, hat er damals gesagt, ich brauche eine Wohnung.

Nu Moment mal, Junge, sage ick, immer eins nach dem andern. Wenn du mit det Auto dran bist, musst du det nehm. Wer weiß, wat in zehn Jahre wieder is.

Von nu an hatte Ludwig ne Erfolgssträhne, mit die Arbeit und die Damen und alles. Det war der materielle Anreiz, det Auto. Er war, wat die Damen angeht, direkt gefährdet. Een freier Mann mit Auto, ooch wenns bloß een Trabant is, Trabant Kombi gelb, und denn noch Künstler, det is eine unwiderstehliche Kombination.

Ludwig hat sich auch gleich wieder einjelassen mit eine Dame, eine Dame von der Galerie. Ick hab ihn jewarnt. Ludwig, hab ick jesagt, du musst det trennen, die Damen und die Arbeit, du weißt, wie det is mit die Damen, zuerst Kuschi-muschi und denn ...

Ick konnte mir nich drum kümmern, ick war unterwegs. Aber wenn ick dajewesen wäre, wär det alles nich passiert. Wie ick nach Hause kom-me, is Ludwig im Knast. Ludwig sitzt ein wegen Widerstand gegen die Staatsgewalt, Republik-hetze und versuchter Republikflucht. Ick musste mir erstmal sachkundig machen. War nich so ein-fach bei die schweren Delikte.

Also die Dame von der Galerie, ick komm auf die Dame noch näher zu sprechen, die Dame von der Galerie hat ihn rinjerissen. Sie hat ihn ins Unglück laufen, det heißt fahren lassen. Nich bloß Kuschimuschi, janz versessen uff ne Aus-stellung mit Ludwig seine Bilder war die. Und sowat schmeichelt ja ein Künstler. Ick hab ihm gleich jesagt, det muss man trennen, die Damen und die Arbeit. Aber nee, Ludwig immer der Bräutigam, Graf Koks, lässt sich doch druff ein, seine janzen Bilder und Grafiken mit sein Auto selber hinzufahren in die Galerie. Allet einjepackt in Papprollen und los. Die natürlich nich nee jesagt, die Dame, spart uff die Weise für ihrn

Kunsthandel Benzin ein. Dabei wusste die jenau um det Risiko mit Wertobjekte. Wenn se det bei ihm abjeholt hätten, denn wär alles versichert jewesen, und der Kunsthandel hätte uffkommen müssen für Verluste und Transportschäden. Braucht er nu aber nich. Die Bilder sind weg, und Ludwig is im Knast.

Een Abend klingelts bei mir. Ick war wieder längere Zeit unterwegs jewesen, grade nach Hause jekommen. Ick mach uff. Ludwig steht vor meine Tür.

Carolus, lieber Freund, sagt er, heute wird gefeiert, ein Fest, ein Festmahl. Ich habe eingekauft, alles vom Besten, aus dem Delikatladen. Ich habe angestanden, lieber Freund, mehr als eine Stunde. Eine Stunde meines Lebens gestanden im Delikatladen. Die Dame vor mir roch von den Achselhöhlen her. Stell dir vor, eine ganze Stunde lang den Geruch von Räucherwurst, Tilsiter Käse und Achselhöhlen. Ach Carolus, man hätte als Flamingo geboren werden müssen, das menschliche Dasein ist schrecklich. Freu dich, mein Freund, freu dich, hier ist Sekt, Dorschleber, Thunfisch, Schinken, Eberswalder Salami,

Schokolade Lindt, sehr fein, Zigarren. Der Mensch ist frei geboren, Carolus, ist frei. Lass uns trinken darauf und nicht von Autos reden heute abend, nicht von Autos und nicht von Frauen. Danken wir dem Herrgott, dass er diese Last von uns genommen hat. Das Auto ist verkauft, Carolus, wir sind es los.

Ludwig, sage ick, nu ma sachte. Jedesmal, wenn ick von eine längere Fahrt komme, diese plötzlichen Überraschungen. Immer is wat weg. Eenmal die Frau, andermal die Wohnung, denn wieder du und nu det Auto? Wat is mit det Auto?

Lass uns schweigen darüber, Carolus, lass uns der kostbaren Worte nicht verlieren. Das Auto ist ein Gegenstand des Übels, der Versuchung, eine Pestbeule auf der natürlichen Haut des Menschen.

Ick hör mir det ne Weile an, und denn verlange ick Klartext. Wat is passiert, Junge, nu ma eens nachm andern.

Also: Schöner Frühlingsabend, Ludwig fährt los mit seine Bilder, allet wat er im letzten Jahr jemacht hat. Uff eenmal son komischet Geräusch, det Auto pufft und hopst und knattert. Ludwig natürlich keene Ahnung, gleich rechts ran. Und steht nu vor die offene Motorhaube wie die Kuh vorm neuen Tor. Dauert nich lange, stellt sich eener neben ihn, kiekt ooch, sagt, lass mir mal ran, ick bin Autoschlosser. Ludwig lässt den ran und der mir nischt dir nischt gleich allet auseinanderjebaut. Nu dunkel jeworden inzwischen. Ick brauche eine Taschenlampe, sagt der Knabe. Ludwig holt aus der Kneipe gegenüber eine Taschenlampe und leuchtet. Und denn sagt der Junge: So, nu müssen wir Probefahrt machen. Is gut, sagt Ludwig, hier sind die Autoschlüssel, und er geht in die Kneipe und gibt die Taschenlampe zurück. Hat noch jehört, wie der Motor anjesprungen is und det Auto abjesurrt is wie ne Biene.

Ja, und det wars. Det Auto war nich mehr jesehn und der Knabe ooch nich. Ludwig hat ne halbe Stunde jewartet, eine Stunde, zwei Stunden, und denn is er in die Kneipe jegangen, da hat er noch drei Stunden jewartet. Paar Jungs, die da rumsaßen, haben Anteil an sein Schicksal genommen und ihm kräftig ein einjeholfen, ham die Sache erörtert und beschlossen, Ludwig muss uff die Polizei, Anzeige machen wegen Diebstahl. Obwohl: Bitte die Autoschlüssel! Danke, der Herr! – Na trotzdem, Ludwig muss uff die Poli-

29

zei, die Sache melden, schon wegen der Bilder, sind ja Wertobjekte. Denn ham se beschlossen, Ludwig zu jeleiten, als Zeugen sozusagen. Daruff hätte Ludwig sich nich einlassen sollen. Gleich an der nächsten Ecke warn se dran. Streifenwagen, Ausweiskontrolle. Fünf oder sechs anjesoffene Kerls uff de Straße inne Nacht, det is Ansammlung, und da verstehn unsre Genossen von der Volkspolizei kein Spaß. Wo ihrer dreie beieinander stehn, da solln sie auseinandergehn. Nu hatten die alle ihrn Ausweis und konnten weiter. Bloß Ludwig nich, denn dem sein Ausweis war im Auto, und det Auto war weg. Wie Ludwig diesen komplizierten Sachverhalt den Genossen erklären wollte und gleich Anzeige erstatten, haben die ihm gar nich zugehört. Sie haben ihn mitjenommen und festjesetzt zum Ausnüchtern. Da hat Ludwig anjefangen zu randalieren und verlangt, dass ein Protokoll aufjenommen wird. Unsere Genossen von der VP hatten für Ludwig überhaupt keen Verständnis und sind gegen ihn vorjegangen wie gegen ein kriminelles Element. Da wurde Ludwig handgreiflich und hat sich jewehrt. Det hätte er nich machen dürfen, det is Widerstand gegen die Staatsgewalt. Sie haben ihn ooch gleich uffn Alex jebracht. Und Ludwig, statt seinen Mund zu halten, hat jetobt und sich hinreißen lassen, hat Äußerungen jemacht, den janzen Laden satt und so, Polizei-Staat und wer alles ihm mal wo kann, hat ooch Namen jenannt von die führenden Genossen und jesagt, er geht über die Mauer. Da ham se ihm Handschellen anjelegt und U-Haft. Bei sone Reden sind unsre Staatsorgane empfindlich. Ludwig hatte also nu am Been Widerstand gegen die Staatsgewalt, Republikhetze und versuchte Republikflucht. Dass er bei diese schweren Delikte mitn halbes Jahr auf Bewährung davonjekommen is, det is ein Wunder. Die Dame von der Galerie hat sich bei unsere Organe für ihn einjesetzt. Die steht sich sehr gut mit unsere Organe, zu jut, aber darüber will ick mir nich weiter auslassen.

Det Auto is in einer frühen Morgenstunde in der Nähe von Stralsund jefunden worden, und der Knabe ooch. Hat drin jelegen und jepennt. Und damit er Platz hat, hat er die janzen Papprollen unterwegs in eenen Müllcontainer jeschmissen.

Wenn mir det passiert wär, ick darf gar nich dran denken, mal abjesehn davon, dass mir so wat nich passiern kann, so wat kann nur Ludwig passiern.

Aber der nimmt det alles jelassen hin, der sieht die Welt von ne janz andre Seite an. Wo unsereener dran kaputt jeht, da steht der drüber. Er is eben ein Künstler. Wenn er bloß eenen hätte, der sich um ihn kümmert.

Die Krankheit

Ick muss zum Arzt. Det jeht mit mir nich mehr so weiter. Ick muss zum Arzt. Eene Grippe nach der andern, schon die dritte dieset Jahr und is erst April. Aber wat soll ick beim Arzt. Die verschreiben einem ooch bloß lauter so Sachen, und ick hab schon den janzen Schrank voll im Badezimmer. Alle Jahre eenmal räum ick uff und schmeiß det janze Zeug weg. Schade drum. Wat soll ick also beim Arzt. Ick hab von die letzte Grippe noch allet, Nasentroppen, Halslutscher, Analgin oder wie det Zeug heißt, und die scharfen Sachen ooch, Berlicitin und diese Antibiotika. Ick nehm nu gar nischt mehr. Ick denke mir, wat meine Oma immer jesagt hat, is vielleicht dat Beste: Eene Grippe muss man ausliegen, Fliedertee und

Schwitzen. Erkältung muss man füttern, Fieber muss man aushungern. Bloß wenn eener arbeiten jehn muss, denn is det allet nich so einfach mit Ausliegen. Nich det meine Arbeit so wichtig wäre, ick bin bei de Volkssolidarität und fahr Essen aus für die alten Leute. Aber wenn ick nich da bin, denn is det schon een Problem. Wo kriegen se für mir Ersatz her? Ick kann mir det Ausliegen überhaupt nich leisten, jedenfalls nich so uffn Plutz. Wenn ick mir krankschreiben lasse, muss ick rechtzeitig vorher Bescheid sagen, damit een andrer da is. Die alten Leuten müssen ja ihr Essen kriegen. Irgendwie muss der Laden loofen. Aber manchmal denk ick mir ooch, warum denn immer icke, für drei Mark die Stunde.

Ick muss ja nich, ick könnte ooch zu Hause bleiben. Kalle liegt mir dauernd inne Ohren, hör uff, sagt er. Aber wat soll ick den janzen Tag zu Hause machen, da fällt mir ja die Decke uffn Kopp. Irgendwie muss det Leben doch oochn Sinn haben.

Wo ick nu am Wochenende in Bett jelegen habe, war son schöner Frühlingstag, da hab ick so drüber nachjedacht, die weißen Kirschblüten vor mein Fenster, is doch schön det Leben. Aber wat hat man davon, nischt wie Rackern, Kinder großziehen, wat anschaffen. Nu ham wa allet, die Kinder sind weg. Eigentlich is allet in Ordnung, ick kann mir nich beklagen. Der Große bringt alle vierzehn Tage seine Wäsche, sonst lässt er sich nich sehen. Seit der vonne Armee zurück is, is er janz verändert, so verschlossen und verbiestert. Die Kleene kommt überhaupt nich mehr, looft dauernd inne Kirche. Ick muss zu ihr hin, wenn ick wissen will, wiet ihr jeht.

Ick weeß nich, dass ick nu dauernd krank bin. Wie ick die Kirschblüten sah, bin ick janz wehmütig jeworden, und mir kam so der Gedanke, dass ick mir vielleicht bald die Radieschen von unten besehen werde. Da mußt ick plötzlich weenen, und Kalle, der nach mir kiekte mitn Zitronensaft, war janz vonne Socken, denn ick bin sonst nich sone Heulsuse. Ick weene bloß, wenns ernst is, und det weeß der. Da is ihm gleich der Schreck in die Glieder jefahren. Ick globe, der liebt mir. Er hat jesagt, du musst zum Arzt. Ach Kalle, hab ick ihm jesagt, wat soll ick bein Arzt, der schreibt mir krank und jibt mir Tabletten und ick muss umher wegen Blut, Herz und Lunge. Da brauch ick schon alleene ne Woche, um det alles zu berennen, und vorher muß ick mir die Termine besorgen, mit Anrufen is da nich, da muss ick selber hin. Lass man, Kalle, wenn ickn paar Tage krankjeschrieben bin, det reicht. Jeh ma hin und hol mirn Krankenschein.

Du musst zum Arzt, hat Kalle jesagt, zu einem richtigen Arzt. Und een Tag später kam er mit den Namen von die Ärztin, wo ick allet gleich uff eenmal jemacht kriegen sollte, Blut und Herz und Nieren und Lunge. Det soll eene sein, die nich bloßn Krankenschein ausschreibt. Aber die is in een andern Stadtbezirk und für mir eigentlich nich zuständig. Wenn Kalle mal wat will, denn is für ihn nischt unmöglich. Kalle hat Beziehungen. Man muss eben immer eenen kennen, der een andern kennt. Da hat Kalle bei son Schriftsteller jearbeitet, den seine Bücher jibt et hier nich, bloß drüben, und da sind nu alle scharf druff, is ja klar. Der hat durch seine Bücher hat der die Beziehungen, die Kalle hat, weil er Dachdecker is. Wat der mit een Buch erreichen kann, dafür muss Kalle een Dach machen. Und der hat den janzen Boden voll Bücher, sagt Kalle. Aber der Mann weiß damit nischt anzufangen. Det Haus verkommt, der Garten ooch. Der könnte een Schmuckkästchen draus machen, allet könnte der kriegen, sagt Kalle. Die Freundin von den seine Frau is die Schwester von die Ärztin, wo ick jetzt hingehe.

Bin ick also losjetobt, früh uffn nüchtern Magen. Ick muss sagen, allet wat recht is, kann man nich anders sagen, die Ärztin is een Mensch. Redet nich so ville rum, hört zu, wenn man ihr wat sagt, und macht sich Jedanken. Sieht selber so mickrig und spack aus, so dünne und Schatten um die Oogen, dass man sie am liebsten ooch gleich zum Arzt schicken möchte. Reklame loofen kann se nich für unser Jesundheitswesen. Is wohl allet nich so einfach mit die janzen Kranken. Wenn ick det sehe, wie die da uffn Flur rumsitzen, so ville alte Weiber, die ham nischt zu tun, rennse zum Arzt, kost ja nischt. Aber eens muss ick sagen, allet klappt da wie am Schnürchen. Röntgen paterre, EKG eene Treppe höher, Blut noch eens höher. Det janze Haus is Poliklinik. Sieht man von außen gar nich, wat da allet drin is. Bloß alle, die in weiße Kittel rumloofen, sind Frauen. Ick hab nich een Mann jesehn, ooch die Ärzte lauter Frauen. Is ja wie im Krieg, hab ick so bei mir jedacht. Wo sind denn bloß die Männer? Die sind wohl mehr in leitende Funktionen. Een eenzigen Mann hab ick jesehn, inne Anmeldung, der lungerte da so rum, det war der Fahrer vom Krankenwagen.

Inne Anmeldung ham se die moderne Technik, EDV, anne Wandzeitung is allet erklärt. Ick hab mir det abjeschrieben, damit ick mir det zu Hause in Ruhe ankieken kann. Aber ick seh da nich durch. Früher saß in sone Anmeldung een Mädchen, der hat man allet jesagt, Name, Adresse, jeboren und so weiter, und die hat det uffjeschrieben, fertig. In diese Anmeldung sitzen zwee Mädchen an so moderne Schreibmaschinen und die schreiben und schreiben und schreiben. Anne Seite von die Maschine kommen rosa Streifen raus mit Löcher drin. Plötzlich fängt eene dritte Maschine ooch an zu schreiben, rattert uff eenmal los, is überhaupt keener da, und die Tasten jehn runter, und det Ding macht eene Zeile nach der andern. Ick denke, ick seh nich richtig. Für einen Moment hab ick an Geister jedacht, und mir fiel dieset Jedicht aus meine Schulzeit ein: ... und schrieb und schrieb mit weißer Hand Buchstaben von Feuer und schrieb und schwand ... von dem Belsazar, den se dann am Schluß umjebracht haben, und die Hand, die da plötzlich aus dem Unsichtbaren kam, is det Zeichen jewesen. Mir is direkt graulig jeworden, wie ick uff die Schreibmaschine jekiekt habe und die schreibt und schreibt. Mein Gott, hab ick jedacht, vielleicht is det auch ein Zeichen.

Uff eenmal springt die eene von die beeden Mädchen uff, rennt in Nebenraum, denn kommt se wieder und hängt sich ans Telefon. Ick denke, ick hör nich richtig. Janz uffjeregt schreit se: Herr Oberarzt, das geht hier nicht mehr so weiter. Es bricht alles zusammen, drei von uns sind krank. Wir kommen nicht mehr über die Runden. Wir brauchen hier unbedingt zwei Schwestern, die uns helfen, und eine, die in der Anmeldung arbeiten kann.

Außer mir is keener da, und det sieht doch so aus, als ob allet seinen Gang geht, sogar die Schreibmaschine schreibt von alleene. Gerade dachte ick, is vielleicht nich so verkehrt mit die moderne Technik, und da schreit die los, alles bricht zusamm.

Ick seh überhaupt nich mehr durch. Und zum Arzt geh ick ooch nich mehr. Hat sich rausjestellt, ick bin janz jesund, Herz, Lunge, Leber, Blut, allet so wiet sein muss. Ick soll zum autogenen Training gehen, die hat mir da für son Kursus anjemeldet, die Ärztin, damit ick lerne, mir zu beruhigen. Mach ick aber nich. Ick will mir nich beruhigen. Am liebsten würde ick mir dauernd uffregen. Es hat eben bloß keenen Sinn.

Trau schau wem

Ick muss meine Schwester anrufen. Das Einzige, wat ick machen kann. Eener muss wissen, wo ick zuletzt war. Hier komm ick nich heil raus. Mann, Mann, ick kann ja hier nich sitzen bleiben bis Zwölfe, det bringt nischt. Irgendwann muss ick uffstehn und gehn. Besser gleich. Aber ick muss irgendein benachrichtigen, dass ick um 19 Uhr 30 zuletzt hier war. Ick kann bloß meine Schwester anrufen. Ick kann ihr nich mal sagen, wat los is. Die macht sich sowieso dauernd een Kopp. Wie ick die kenne, speikt die gleich ab zu Helga.

Na egal, entweder ick bin denn schon zu Hause und kann alles uffklärn, und wenn nich, is ooch jut, denn weeß Helga, is wat passiert, und sie können nach mir forschen. Mir bleibt keene Wahl.

Ick muss damit rechnen, wenn ick hier rauskomme, steht een Viersitzer vor die Tür – bitte einsteigen, der Herr – und ick lande inne Magdalenenstraße. Kann aber ooch sein, die Jungs vom Nebentisch loofen mir hinterher, und ick bezieh Senge. Wie soll ick mir gegen fünf Kerle wehren, die noch dazu vom Bau sind. Sitzen die janze Zeit da und kieken zu mir rüber. Die warten bloß, dass ick aufsteh und geh. Und ick sitz nu mit den Typ hier an Tisch. Der sagt nischt mehr, spielt nur mit die Bierdeckel rum. Is klar, der wartet ooch bloß druff, dass ick aufstehe und gehe. Ick kann hier nich länger sitzen bleiben. Muss meine Schwester anrufen. Ick wer mal janz lässig und cool telefonieren, und denn jeh ick raus. Ick fühl ma echt wie Gary Cooper am Schluss in High Noon. Bloß det hier is keen Film, und ick hab ooch keen Revolver. Ick bin wehrlos. Der Knülch hinterm Tresen hat ooch son Pokerface.

»Wo kann ickn hier mal telefoniern?«

»Telefoniern is hier nich.«

»Ick muss aber dringend telefoniern.«

Warum kiekt der denn nu erst zu dem Typ an mein Tisch hin, bevor er mir zeigt, wo det Telefon is. Steht da und fummelt an sein Gläserschrank rum, bloß damit er jedet Wort mithörn kann. Mir wird schon janz flau. Ick brauchte een Harten. Aber det jeht jetzt nich. Ick muss klar bleiben im Kopp.

»Hallo?« Gott sei Dank, die is zu Hause. Janz harmlos, janz harmlos bleiben.

»Ick wollte bloß ma anrufen. Nee, nee, is nischt, nischt Besonderes. Ick wollte bloß ma hörn, wiet jeht.«

Jetzt hat se begriffen und merkt, det wat is, weil wegen sowat ruf ick ja nich an.

»Ach, janischt weiter. Ick wollte dir bloß sagen, dass ick jetzt hier bin, in Brunis Eck-Café.«

Nu versteht die natürlich Bahnhof.

»Also, pass ma uff, ick wollte dir bloß sagen, dass ick hier bin, in Brunis Eck-Café.«

Die denkt, ick bin besoffen.

»Nee, überhaupt nich. Ick wollte dir bloß sagen, dass ick jetzt nach Hause gehe, jetzt is kurz nach halb acht.«

Die ahnt, dass wat nich stimmt. Nu fängt sie an mit ihre Fragerei.

»Also machs gut. Ick wollte dir bloß sagen, ick bin Brunis Eck-Café. Jetzt is kurz nach halb acht und ick geh jetzt nach Hause.«

Nu sagen Sie mal, wat würden Sie machen, wenn Sie so ein Anruf kriegen inner Abendstunde von Ihrn Bruder?

Ick war von Arbeit jekomm, hab die Wäsche jemacht und Abendbrot. Wir warn grad beim Essen. Ick wollte noch Tagesschau sehn, und danach war ein schöner Film mit Romy Schneider. Klingelt det Telefon.

Mein Bruder. Der ruft immer bloß an, wenn er wat will. Aber doch nich abends um halb achte, um sich zu erkundigen, wiet mir jeht, und mir zu sagen, wo er sich grade befindet. Erst denk ick, der is blau. Aber denn hör ick da son Ton in seine Stimme. Det klang nich, als hätt er zuviel jetrunken. Und eh ick noch Jenaueret erfahren konnte, hat er schon uffjelegt. Det hat mir sehr beunruhigt. Ick wußte nich, wat ick davon halten sollte. Irgendwat stimmte da nich. Ick hatte keene Ruhe.

Ick hab mein Mann alleene weiter essen lassen, mir wieder anjezogen, rin in mein Trabbi und los. Is ja schließlich mein Bruder, und ick hab ihn mit groß jezogen. Bloß jetzt könnte det nu langsam uffhörn mit seine Zicken. Ick muß mit Helga reden. Die soll den Dollbregen mehr an die

Zügel nehm. Det jeht ja nich, dass ick hier nachts durch die halbe Stadt toben muss und mir so uffregen.

Ick kloppe. Die Klingel is kaputt. Der soll lieber seine Klingel janz machen als mir abends aus de Kneipe uff mysteriöse Weise anrufen. Helga macht die Tür uff. Ick sehe gleich, der Haussegen hängt schief.

»Wat is los bei euch?«

»Na, jeh ma rin, der is inne Stube.«

Aber ick gehe erstmal mit ihr in die Küche.

»Heute nachmittag um viere is er zum Arzt jegangen, weil er sich nich wohlfühlt, jestern hat er Fieber jehabt, wollte sich krankschreiben lassen. Und weeßte, wann er nach Hause jekomm is? Um halb neune. Inne Kneipe war er. Na, jeh ma rin. Laß dir det von ihm selber erzählen.«

Mein Bruder, son Kerl von ein Meter neunzig, hängt wien ausjewrungner Lappen im Sessel, bleich um die Kiemen, und kiekt mir verstört und schuldbewusst an. Da kann ick ja nich gleich loslegen.

Da tut er mir so leid, der arme Kleene. Wat is denn bloß passiert? Der fühlt sich ja so jämmerlich, wie wenn er, wo er damals schon loofen konnte, sich die Hosen voll jemacht hat.

»Wat is denn passiert, mein Junge?«

»Ick war beim Arzt. Die hat mir krank jeschrieben, war ne Ärztin. Wie ick rauskam aus die Poliklinik, fühlte ick mir überhaupt nich mehr krank. Ick fühlte mir so jut, daß ick wat unternehmen wollte. Und ick dachte mir, gehste mal inne Kneipe, unter Leute, bisschen unterhalten, Bierchen trinken. So wie früher, wo ick noch zu Hause jewohnt hab, in unsre Straße, wo jeder jeden kannte. Da brauchteste dir nich dauernd nen Riegel vor die Schnauze zu hängen. Also, ick wollte ein Bier trinken und mir bisschen unterhalten. Nu kenn ick ja keen, wenn ick hier inne Kneipe geh. Aber man muß ja mal anfangen mit die Bekanntschaft, nich. Andre Leute jeht det vielleicht jenauso.«

»Und da mussteste ausjerechnet in Brunis Eck-Café«, sagt Helga gïftig, »weeß ja wohl jeder, dass sie da schon paarmal welche hochjezogen haben.«

»Nee, wusste ick nich. Woher soll ick det wissen? Mir erzählt ja keener wat.

Ick setz mir also bei zwee ältere Leute, een Mann und eene Frau, an Tisch. War noch zeitig und ziemlich leer. Wir kommen ooch in een janz vernünftiget Jespräch. Die beede Rentner und können nach drüben und warn grade zurück jekommen und janz uffjekratzt und haben nu erzählt, wie't is, Gesundbrunnen, Wedding, Charlottenburg und Kudamm und mit die Verwandten und Bekannten und ooch nich allet Gold, wat glänzt. Die beeden sind dauernd mitn Bus rumjetuckelt, weil se als Ostrentner nischt bezahlen müssen. Ham sich an frühere Zeiten erinnert, wie sie als junge Leute da rumjeloofen sind. Die Zeiten warn so doll ja ooch nich, aber da warn sie jung und det wars wohl. Die beeden haben sich jedenfalls ooch jefreut, dass sie een hatten, den sie sowat erzählen konnten, und mir hat det wirklich interessiert. Na, denn sind se jegangen, und ick hab mir noch ne Molle bestellt und so drüber nachjedacht, dass ick in dreißig Jahren ooch übern Kudamm gehen werde, wenn nischt dazwischen kommt. In dreißig Jahren bin ick ooch Rentner, wenn ick noch lebe.

Denn hat sich eener an mein Tisch jesetzt. Ick sah sofort, das is ein Kumpel. Der war so verbiestert, gleich zwee Doppelte und überhaupt nich um sich jekiekt, nur vor sich hin. Ick erstmal janz ruhig und cool. Der Junge hat den Kanal voll, det sah ick auf Anhieb. Und denn hab ick versucht, langsam und allmählich mit ihm ins Jespräch zu kommen. Der hatte wirklich den Kanal voll, war uffn Bau in Marzahn, hat sich schwarz jeärgert, dass soviel versaut wird. Det war eener, mit dem konnte man reden, nich bloß son Meckerfritze, der hat sich Gedanken jemacht. Da wollte ick nu mit ihm ooch über Sachen reden, die mir so durchn Kopp gehn. Wird ja nu grade überall drüber jeredet, janze Seiten voll inne Zeitung, aber man macht sich doch ooch seine eigenen Gedanken, ick meine die Ausbürgerung von den Biermann. Det is doch nich in Ordnung, einfach die Staatsbürgerschaft entziehn, sowat kann man doch nich machen. Sowat haben die Nazis jemacht. Wie ick den im Fernsehn jesehn habe, kann ick nur sagen, der Junge hat recht. Wo ick also nu so rede, merke ick, wie bei dem Kumpel die Jalousie runter jeht, und er kiekt mir auf so eigenartige Weise an, sagt nischt, kiekt bloß. Ick komm mir irgendwie dumm vor und bestell für uns beede zwee Bier und zwee Doppelte. Da nimmt der sein Glas und steht uff und jeht eenen Tisch weiter. Sind ooch welche vom Bau, die da

48

sitzen. Aber trotzdem, ick versteh det nich, steht uff, setzt sich an andern Tisch, ohne een Wort zu sagen. Vielleicht hätte ick nich anfangen solln von den Biermann, is son heißet Thema. Unterschriften dagegen, Unterschriften dafür, det janze Theater, da tobt wieder mal der Klassenkampf. Ick finde ja bloß, der hat recht mit seine Lieder. Ick hab ja nischt dagegen, wenn sie wat dagegen sagen, solln sie doch inne Zeitung schreiben, wat sie wollen. Jeht ja sowieso keen wat an, is ja auch egal, solln sie doch machen, aber nich gleich son Menschen rausschmeißen ausm Land. Da kann ick mir doch nur fragen, wat is denn det für een Land, in dem ick lebe.«

»Nu hör dir det an. Sowat redet der inne Kneipe, und denn noch Brunis Eck. Der hat doch nich mehr alle. Jetzt sag du mal wat dazu, du bist seine Schwester. Vielleicht hört er uff dir. Ick kann ja reden, wat ick will, in een Ohr rin, ausm andern raus.«

»Wo soll man sich denn mal unterhalten können? Hörste ja, mit meine Frau kann ick nich reden. Und im Betrieb kann man ooch nischt sagen.

Ick hab also die zwee Bier und die zwee Doppelte alleene jetrunken. Und denn musste ick mal pinkeln jehn. Wie ick zurück komme, sitzt eener an mein Tisch. Und der bestellt ooch gleich zwee Bier und zwee Doppelte. Ick sehe, der is janz erpicht druff, sich mit mir zu unterhalten, und fängt ooch gleich von diesen Liedersänger an. Ick hatte uff eenmal keene Lust mehr. Wie ick mir den so ankieke, da denk ick, den kenn ick doch. Ick hab det Bier stehen lassen und den Doppelten. Und plötzlich, wie ick mir den so ankieke, weeß ick, woher ick den kenne.

Det is schon mehr als zehn Jahre her, wo ick noch zu Hause jewohnt hab, wo wir nischt im Kopp hatten als Motorräder und wo ick dauernd inne Kneipe war. Mutter hatte immer wat dagegen, die hat sich Sorgen jemacht wegen der Sauferei. Na ja, warn welche, die haben nur jesoffen, aber warn ooch immer welche, mit denen man reden konnte, sich unterhalten. Eines Tages is da son Typ uffjetaucht, der hat auf eine miese Tour versucht, sich an jeden von uns ran zu machen. Hat ooch sein Ausweis uffjeklappt, wollte sich wichtig tun. Staatssicherheit. Ick sollte ihm sagen, wat ick von Heiner wußte, wann ick ihn zuletzt jesehn hab und lauter sone Dinger. Heiner war abgehaun nach Westberlin. Aber keener von uns hat wat Jenauet jewußt. Der Typ wollte wat rauskriegen.

Und mit dem saß ick nu in Brunis Eck-Café alleene am Tisch. Der hielt mir fürn Provokateur und wollte mir festmachen, und die Jungs vom Nebentisch hielten mir fürn Kumpel von den Typ. Staasispitzel. Dabei wollt ick bloß een Bier trinken und mir bisschen unterhalten.«

Mein Bruder geht nich mehr in die Kneipe. Mutter is froh darüber, Helga auch. Wenn er abends von Arbeit kommt, pusselt er im Keller in seine Werkstatt rum oder guckt Fernsehen. Is besser so, sagt Helga, der redet gerne, wenn er einen in der Krone hat, da geht er zu sehr aus sich heraus. Und man kann nie wissen. Trau schau wem.

Der Regenschirm

Ick muss raus. Ick muss raus aus meine vier Wände, sonst wer ick noch verrückt.

Gardinen waschen? Nee, heute nich. Gardinen waschen, Saubermachen, Uffräumen, immer Uffräumen. Ick weeß nich, wat mit mir is. Früher war ick nich so, und det ging sehr gut, wo ick noch jearbeitet habe, und die Kinder warn kleen.

Nu ham wir allet, Wohnung schön einjerichtet, det Grundstück, Auto, Eddi sagt, et reicht. Is jenug, wenn er sich rumärjert in sein Betrieb. Ick soll zu Hause bleiben und mir bilden und det Leben jenießen. Wir ham den Sozialismus uffjebaut, jetzt solln mal die andern ran.

Eddi meint et jut, aber ick weeß nich. Er meint et ja immer jut, wie mit dem Regenschirm. Kooft der mir doch een Regenschirm in Hamburg; wo er da mit die Gewerkschaft war. Wat muss der da mit, mit sone Delegation. Ick sag ihm, Eddi, halt dir raus. Aber nee. Der wird noch Reisekader, und ick sitz hier. Ick sag ihm, Eddi, die paar Jahre bis zur Rente kannste nu ooch noch warten. Der wird noch Geheimnisträger, und denn darf er nich mal als Rentner rüber.

Bringt der mir een Regenschirm mit. Son elegantet Ding mit Automatik, braune Seide. Nu jut, ick hatte keen. Meiner is mir wegjekommen. Ick hab mir gar nich erst ein neuen anjesohafft. Ick weiß, der kommt mir auch wieder weg. Regenschirm und Handschuh und Sonnenbrille, det hat bei mir kein Sinn, sowat lass ick immer liegen.

Nu hängt der neue Schirm inne Garderobe. Ick freu mir dran, wenn ick ihn seh. Ick nehm ihn aber nich. Ick wer mir hüten, da hab ick nischt wie Ärger, son Schirm kriege ick nie wieder.

Vielleicht sollte ick ihn aber doch mal nehmen? Grade heute. Sieht nach Regen aus. Da geh ick mit mein schicken Schirm flanieren.

Ick weeß nich, früher war die S-Bahn um diese Zeit immer leer, heute isse voll. Lauter alte Leute.

Wat machen die denn bloß? Rentner müssen reisen. Ob die alle nach drüben jehn? Ick gloobe, früher jabs nich so ville Rentner.

Wat kiekt der Köter mir so an? Ick muss beiseite, sonst beißt der mir noch int Been. Nächste Station steige ick um. Keen Sitzplatz. Man kann sich kaum halten bei die Schuckelei. Muss ick ooch für Hunde und Jepäck rin.

Wat will die, wat sagt die zu mir? Ob ick mit mein Schirm ihrn Hund det Auge ausstechen will.

Aber Verehrteste, Ihr Hund sitzt da, und ick stehe hier, wie soll ick da mit mein Schirm an Ihrn Hund sein Auge ...

Die kiekt mir an, und ich weiß Bescheid. Die kiekt mir an mit een Ooge, det andre is weg. Mus. Det eene Ooge kiekt so tückisch, wie zwee gar nich gucken könnten. Die hat ein Augenausstechkomplex. Und wat hat die denn da uff ihrn Mantel? Kaninchenfell oder wat. Kaninchen is det nich. Katze, det is Katze. Pfui Deibel. Und det weiße Filzhütchen, wo die son dicket Jesicht hat. Die sieht jenau aus wie ihr Hund. Kieken alle beede so doof mit ihre drei Oogen. Und wie det hier riecht. Ick steige aus, det verdirbt mir ja die Laune.

Ach Gott, wie lange hab ick nich mehr uff diesen Bahnhof jestanden. Det kommt, wenn man immer mitn Auto fährt. Wat is bloß aus diesen Bahnhof jeworden? Hier is ja überhaupt nischt mehr, keen Zeitungskiosk, keene Plakate. Allet hing voll früher, Theaterprogramm und Kino. Nu is bloß noch der Kasten mit die Fahrpläne. Wat is denn det hier? Wat steht da?

Werte Reisende!

Unter der Losung:

Schöner unsere Städte und Gemeinden – mach mit! führen die Bürger unserer Republik einen Wettbewerb zur Verschönerung der Häuser, Straßen und Anlagen im örtlichen Territorium durch.

Wir rufen unsere Reisenden auf, diese Losung auch auf der Eisenbahn zu unterstützen und erklären diesen Bahnhof zum Nichtraucherbahnhof.

Die solln lieber paar Plakate uffhängen, damit man weiß, wo wat los is. Is wohl nich mehr viel los. Nich mal ne Illustrierte kann man koofen. Werd ick Eddin erzähln, der immer mit sein Jerede vom umfassenden Aufbau des Sozialismus.

Wat renn ick hier eigentlich rum? Ick hätte zu Hause bleiben solln.

Vielleicht sollte ick Erika abholen von ihre Schule. Aber ob ihr det recht is, wenn ick da steh und sage, komm, mein Kind, jetzt gehste mal mit deine Mutter schön Kaffeetrinken. Wir könnten in Palast gehn, in det feine neue Café. Da setzen wir uns beide hin und erzähln uns wat.

Die mit ihre Studiererei. Kaum war sie mit die eene Sache fertig, hat sie wat Neuet anjefangen. Rehabilitationspädagogik. Eigentlich is det nischt weiter wie Hilfsschullehrer. Transportarbeiter heißt jetzt ooch Facharbeiter für Warenbewegung. Erika sagt, Hilfsschullehrer is noch wat anderes. Na jut. Wo Erika arbeitet, det is eine Klasse für Verhaltensgestörte. Ick weiß nich, wenn meine verhaltensgestört warn, denn ham se eens uffn Hintern jekriegt, und denn war allet wieder jut.

Die ewige Rumdiskutiererei mit die Kinder. Wat heißt hier Hirnschaden. Mein Jott, da hab ick wahrscheinlich ochn Hirnschaden. Ick bin ne Frühjeburt, und Eddin ham se mit de Zange jeholt. Aber wir sind sonst janz normal. Na ja, ick war inne Schule nich die Beste, aber ick bin doch über die Runden jekommen, hab wat jelernt und mir ständig qualifiziert, een Lehrgang nach andern. Ick weeß heute noch die vier Grundzüge der Dialektik auswendig. Hat mir zwar nie eener nach jefragt, aber ick hab det allet willig studiert, von der Partei neuen Typus und det Leben von Stalin. Ick hab ooch begriffen, warum det notwendig war, den Sozialismus erstmal in ein Land aufzubaun nach der Oktoberrevolution, bis et denn soweit war, ihn auch bei uns aufzubaun. Wenn ick dran denke, wie wir unsere Aufbaustunden jemacht haben uffn Kantiansportplatz, inne Pionierrepublik und Stalinallee. Da hab ick Eddi kennjelernt. Wir hatten immer wat vor und keene Zeit, die Köppe hängen zu lassen. Heute ham die in dem Alter nischt mehr von dem Elan. Wenn ick die Schönhauser langloofe, am Kantian vorbei oder Wuhlheide, freu ick mir immer noch. Stalinallee ham se ja später umjenannt. Erst Stalin hinten, Stalin vorne und janz groß, und denn ham se rausjefunden, daß er allet nich richtig jemacht hat und überhaupt een Halunke war. Mit Mao war et jenauso und mit Tito ooch. Ick hab da nich mehr durchjesehn. Eddi sagt, et is die Dialektik der Geschichte. Aber ick weeß nich, irgend wat stimmt da nich. So wat kann man doch nich machen. Ick war immer bereit, allet einzusehn, ooch heute noch, det Leben geht ja weiter, wa? Eddi sagt, ick soll meine Zeit nutzen und wat für meine Bildung tun. Wir erstürmen die Höhen der Kultur, sagt Eddi. Na ja, ick bin nu zu Hause und kiek mir im Fernsehen »English for you« an. Englisch is ne Weltsprache. Aber ick weeß nich, hat ja eigentlich ooch keen richtigen Sinn. Wat fang ick damit an? Is wie mit die vier Grundzüge der Dialektik. Wo ick hinkomme, wird deutsch jesprochen.

Herr Gott, is det een Krach uffn Schulhof, da versteht man ja sein eigenet Wort nich. Det sind nu Normalkinder. Die renn rum und benehm sich wie kleene Verrückte. Kann ick Erika nich verdenken, wenn sie lieber bei die Verhaltensgestörten is. Da hat sie bloß zwölfe in eene Klasse, und die sind stille. Seit sie da arbeitet, is sie ooch nich mehr so nervös. Nee, det würde ick hier nich aushalten.

Wat macht denn die Müllern hier? Die war schon Pionierleiterin, wie Erika noch zur Schule ging.

Immer noch mit die lieben Kinderchen, Frau Müller? Hängt det Herz dran, wa? Komm Sie gar nich los von ihrn Beruf?

Ach nee, det sollte sich Eddi mal anhörn. Steht die Müllern uffn Hof mit an die hundert Gören. Ick denke is Pause. Is aber nich, det sind die janzen Hortkinder. Von zehn Erzieher sind bloß zwee da, die Müllern und noch eene. Alle andern sind krank oder kriegen grade een Kind. Wat solln die beeden nu machen mit die janzen Jörn? Sie lassen se uffn Schulhof rumtoben. Um viere pfeift die Müllern und schreit: Alle Vieruhrkinder nach Hause. Um fünfe pfeift sie nochmal: Alle Fünfuhrkinder nach Hause. Wann machen die nu ihre Schularbeiten? Wenn Vater und Mutter von Arbeit kommen, ham sie ooch den Kanal voll. Denn jibts zu Hause gleich ein paar hinter die Ohren, wat zu essen, Sandmännchen und ins Bett. Und morgens früh jeht det wieder von vorne los.

Die Müllern möchte gerne uffhörn, aber jeht nich. Wenn sie bei die Volksbildung kündigt, darf kein andrer Betrieb sie einstellen. Kann sie nur in Haushalt. Aber det is ooch nich so einfach. Früher warn ja oft Annoncen inne Zeitung, Haushaltshilfe gesucht und so wat in der Art. Aber nu braucht man für sone Annonce die Genehmigung vom Rat des Stadtbezirks. Det hat mir die Kargen erzählt, die is lange jenug rumjeloofen, um sone Annonce in die Zeitung zu setzen. Die Kargen sagt, det is zum Schutze unsrer Jugend, diese Verordnung, wegen die jungen Mädchen. Die ham keene Lust, acht Stunden im Betrieb zu arbeiten. Die schaffen sich een Ausländer an von drüben, da kriegen sie Westgeld, det rubeln sie um und können ooch noch im Intershop einkoofen. Und damit sie ne Arbeit nachweisen und sozialversichert sind, jehn se paar Stunden inne Woche in Haushalt.

Die Kargen spinnt, sagt Eddi, die is zuviel alleene. Die kommt von det Thema mit die Ausländer gar nich los. Wenn die zwanzig Jahre jünger wäre, na, ick weeß ja nich.

Der reine Dreckstall det Treppenhaus. Da würde ick mir schämen, wenn ick der Direktor wäre. Wenn nu mal eener kommt? Aber hier kommt wohl keener. Det is keene Schule für Besucher. Die Verhaltensgestörten sind janz oben. Wird Erika Oogen machen, wenn ick vor ihre Klassentür steh. Schöner Ausblick so über die Dächer von Prenzlauer Berg, bloß jenauer hinkieken darf man nich. Wandzeitung ham se ooch. Lenin im Oktober. Und wat is det hier? Hausordnung. So kleen jedruckt, kann man ohne Brille kaum lesen.

»... Nach dem Vorklingeln sitzen alle Schüler auf ihren Plätzen.

Der Ordnungsdienst kontrolliert, ob Tische und Stühle ordentlich stehen und die Ordnung unter beziehungsweise auf den Tischen.

Beim Hauptklingeln gibt der Ordnungsschüler das Kommando: Achtung! Alle Schüler stellen sich neben den Stuhl, ohne sich anzulehnen.

Anschließend erfolgt die Meldung an den Lehrer. Kein Schüler stört die Meldung. Alle Schüler setzen sich nach Aufforderung des Lehrers, sie achten auf eine ordentliche Sitzhaltung, schlagen die Arme ein, lehnen sich an, halten die Beine ruhig und kippeln nicht mit den Stühlen ...

... Speiseraum. Die Schüler stehen in einer Reihe, ohne zu sprechen, vor dem Speiseraum. Das Essen wird auf den Tisch gestellt. Jeder Schüler steht hinter seinem Platz. Alle Schüler setzen sich gemeinsam.

Beim Essen wird nicht gesprochen. Alle Schüler fangen gemeinsam an zu essen ...

... Freizeit. Wir spielen mit jedem Pionier unserer Gruppe. Wir wollen nie Zeit verbummeln. Wir erinnern uns gegenseitig an Vorsichtsmaßregeln. Wir lachen soviel wie möglich ...«

Det kann doch nich wahr sein. Det jeht noch seitenlang so weiter. Wie soll denn son Kind det allet behalten, wenn et sowieso schon ein klein Dachschaden hat. Da fragt man sich doch, wer sind denn hier die Hirnis? Det is ja, als ob die Affen dressiern. Und so wat duldet meine Tochter nu. Wie kann sich einer bloß so wat ausdenken und ooch noch schwarz auf weiß an die Wand.

Ick geh lieber wieder, sonst kriege ick mir mit Erika gleich inne Haare. Wat hab ick bloß verkehrt jemacht mit meine Tochter?

Mein Gott, jetzt regnets draußen kleene Schusterjungs. Is bloß jut, daß ick den Schirm ... wo hab ick denn den Regenschirm? Du lieber Himmel, wo habe ick den Regenschirm? Im Zug hatte ick ihn noch, die Olle mit den Katzenpelz ... uffn Bahnhof? Wo hab ick denn bloß den Schirm gelassen? Ick habs ja jewußt. Muß der mir ooch een Schirm mitbringen. Vierundzwanzig Jahre verheiratet, und der Mann weiß immer noch nich, dass ick kein Schirmtyp bin. Nu kann ick rumloofen nach dem Regenschirm, uffn Bahnhof, ins Fundbüro. Aber wer wird denn son Schirm abjeben?

Wär ick doch bloß zu Hause jeblieben.

Ein freier Tag

Wenn ick morgens aufwache, weiß ick schon, noch bevor ick überhaupt rausjeguckt habe, ob der Tag sich lohnt oder nich. Ick spür det in mein Körper. Wenn son trüber Tag is und et regnet draußen, weiß ick, es lohnt sich nich, und ick würde am liebsten im Bett bleiben. Aber wenn der Himmel blau is und hoch, ick brauch noch gar nich rausjeguckt zu haben, ick spür det, da weiß ick, det is mein Tag, da fang ick wat an, da mach ick wat. Son Tag war heute. Und ick hatte frei. Da hab ick beschlossen, nach Halle zu fahren. Meine Freundin Jutta, die Keramikerin is, hat ne Ausstellung in Halle, und heute war die Eröffnung. Ick hatte ihr jesagt, vielleicht komm ick, aber ick weiß noch nich. Nu war son schöner Tag, die Sonne schien, det bunte Laub anne Bäume, da hab ick mir in mein Auto jesetzt und bin losjefahrn.

Ick fahr gerne uff der Autobahn mit mein Fiat Ritmo. Hat Harry mir jekooft im Intershop. Ick wußte gar nich, dat et so wat gibt. Da gehste hin, legst det Geld uffn Tlsch, Westpipen natürlich, und acht Tage später holste dir dein Auto ab. Ick hab jedacht, ick träume. Meine Anmeldung fürn Trabant looft schon acht Jahre. Erst wollte ick det nich, mit dem Auto, det war mir zu intim, und so intim bin ick nich mit Harry, der soll sich da bloß nischt einbilden. Aber dann hab ick mir jedacht, warum eigentlich nich, ick war ja lange jenug mit ihm verheiratet. Und wat hab ick allet durchjemacht mit den Kerl, seine ewijen Weiberjeschichten, die Scheidung, die janzen Jahre, wo ick alleene war. Ihm gings gut. Und wo er jetzt drüben is, jehts ihm wieder jut. Bloß mit Frauen, da scheint er nu Schwierigkeiten zu haben. Na, ick berühre det Thema nich, ick denke mir mein Teil. Er is ja ooch nich mehr der Jüngste. Die Haare jehn ihm aus, oben hat er schon Glatze. Nu hat er sich wohl die Hörner abjeloofen. Er will mir immer bereden, ick soll rüber. Mach ick aber nich, lass ick mir gar nich druff ein. Mit uns beede, det wird nischt.

Wenn ick uff der Autobahn fahre, mach ick mir Radio an und hör Musik. Denn fahr ick so und denk mir wat. Da kann ick jut nachdenken, stört mir keener, und ick bin ooch in Bewegung, seh ick die Landschaft, die Bäume, die Felder, fahr ick so vorbei an Dörfer, det hab ick gerne. Manchmal geb ick Gas und überhol die mit ihre Mercedes und BMW. Kriechen hier über die Autobahn janz artig, keen Strich über hundert.

Drüben jagen die einen. Als ick mal drüben war, wo meine Mutter Siebzig wurde, ick hab mir da uff der Autobahn jefühlt wie een jehetztet Reh. Blinkhupe und Hupe, ick immerzu nach rechts, so schnell konnt ick gar nich, und die da Rennen jefahrn, Porsche, BMW, Mercedes. Immer Männer am Steuer. Die muß man mal jesehn haben mit ihr Pokerface bei 180 oder 200 Stundenkilometer. Schwitzpisser.

Hier bei uns uff der Autobahn fahre ick jerne mal an denen vorbei. Macht mir Spaß. Kiek ick mal kurz rüber zu die Typen. Na, ick kann nur lächeln. Wat ihnen am Mann fehlt, ersetzen sie mit son Schlitten.

Wir nähern uns immer mehr an, wir Deutschen, Ost und West, ooch wat die Typen von Autofahrer so anjeht. Die von drüben, mit ihre Porsche, BMW und Mercedes, det sind unjefähr dieselben, die hier bei uns Volvo, Citroen und Renault fahrn, die teuren einjeführten Autos. Wenn man sich die Kerle ankiekt, sind sich irgendwo ähnlich. Trabant is ne andere Kategorie, is wie drüben die kleenen Autos. Nich, daß det nu bessre Menschen sind, aber is een janz andrer Typ von Mensch. Is hier so wie drüben. Trabant überhol ick nie, nich aus Spaß jedenfalls, nur wenns sein muss. Die tun mir immer bisschen leid, zotteln da rum uff der Autobahn mit ihrn kleen Trabbi, der fährt man bloß hundert, hundertzehn fährt der höchstens. Na jut, mehr wie hundert darf man ja bei uns ooch nich fahrn, und det schafft er, der Trabant.

Also, wenn ick die nu so vor mir seh, die schnellen Autos mit die Westberliner Nummern – wir sitzen hinter der Mauer, die sitzen vor der Mauer, wolln ja ooch mal raus, wa, bleibt ihnen nischt anderes, müssen sie mit hundert über die Transitstrecke – also, wenn ick die seh, dann reitet mir manchmal der Teufel, ruff uffs Gaspedal und mal kurz vorbei. Ick pass natürlich auf, Holzauge sei wachsam, dass ick nich inne Falle komme. Ick weiß ja Bescheid, bin doch hier zu Hause, ick kenn die Stellen, wo unsere Genossen Volkspolizisten hinterm Busch liegen.

Det war heute ein Tag, dass man sich alle Finger nach lecken konnte, ein Herbsttag, wie ihn die Dichter beschreiben. Da war sone sanfte Sonne, so mild, rotgolden. Nu is det ja nich weit bis Halle. Wenn ick richtig durchfahre, schaff ick det in, na ick würde det glatt in anderthalb Stunden schaffen, sagen wir mal zwei Stunden, mehr nich. Ick hab noch bei uns anne Ecke am Blumenladen jehalten, paar Blumen muss man schon mitnehmen, wenn man uff sone Vernissage jeht. Ick steh mir jut mit det Mädchen vom Blumenladen. Jelegentlich bring ick ihr wat mit ausm Intershop. Eene Hand wäscht die andere. Die hat mir ooch von hinten wunderschöne Rosen jeholt, dunkelrote Rosen. Warn janz schön teuer, ick hab mir überlegt, na, hab ick jedacht, sieben Stück reicht, denn ick wollte ja unterwegs uff der Autobahn noch in Intershop und ne Stange Reyno koofen. Jutta liebt so die Reyno, ick weeß ooch nich warum, aber die hat diese Mentholzigaretten gerne, da steht se druff. Hätt ick mal lieber zwanzig Rosen jekauft, da hätt ick mir viel erspart.

Ick glaube, ick werd verrückt. Wenn ick det, wat ick mache, einem Psychiater schildern würde, det sind vermutlich glatt Anzeichen von Schizophrenie oder irgendein Wahn. Ick kann det keinem erklären. Ick kann alleine nich verstehn, warum ick det jemacht habe. Ick hab mir einfach verrückt benommen. Und dabei hab ick die janze Zeit jewusst, dass det Unsinn is, wat ick da rede, dass det zu überhaupt nischt führt und dass ick mir nur rein rede. Und ick hab det trotzdem jemacht. Als ick denn die drei Stempel hatte und hab die zwanzig Mark bezahlt, fand ick det total in Ordnung. Wenn der mir die Fahrerlaubnis abjenommen hätte, hätt ick det auch in Ordnung jefunden. Det is doch nich normal, det is doch vollkommen neurotisch. Warum hab ick bloß diesen Unsinn jemacht?

Dabei war die Sache janz einfach. Ick war wütend wegen dem Intershop.

Ham se in Michendorf den Laden, wo DDR-Bürger einkaufen können, zujemacht, is nur noch

Transitverkauf. Na, denke ick, wat soll sein, paar Zigaretten werd ick wohl kaufen können. Lange Schlange. Ick mir also anjestellt. Is ja normal bei uns, Schlange. Warum nich ooch vorm Transit-Intershop. Ick versteh diese Westdeutschen nich, stelln sich inne Schlange hinter det Schild: Bitte warten. Haben die det nötig? Bloß weil se det Zeug fürn paar Groschen billiger kriegen, stelln die sich brav an. Und denn koofen sie gleich kistenweise, den Cognac, die Zigaretten. Na, sind eben ooch Deutsche.

Der Laden nu richtig wie Transit, bloß Alkohol, Kaffee, Schokoladen, Zigaretten, nich den janzen Ramsch wie in die andern Intershops, wot aussieht wie Quelle als Schwarzmarkt. Ick hatte mir det harte Westgeld von Harry einjetauscht gegen diese Forumscheine. Wo ick det letzte Mal auf der Autobahn im Intershop einkoofen wollte, ham die mir Theater jemacht, weil ick nur Westgeld hatte und kein Forum. Passiert mir nich nochmal, hab ick mir jedacht. Also hab ick nur noch Forum. Wie ick meine Fleppen anner Kasse hinhalte, kiekt det Mädchen mir an und sagt giftig: Wir sind Transit-Verkaufsstelle. Nur für BRD-Bürger.

Ja, und wo kann ick nu als DDR-Bürger ...

In Potsdam, sagt die eiskalt und schiebt mein Einkaufswagen mit die Reyno beiseite. Een Moment lang hatt ick Lust, der meine Forumscheine ins Jesicht zu schmeißen. Aber die kann ja ooch nischt dafür. Hätt ick Westgeld jehabt, wär det nich passiert. Fragt keener nachn Ausweis. Steht ja een Polizeiwagen vor der Tür. Ick kann noch froh sein, dass sie mir nich festjenommen haben. Ick darf als DDR-Bürger diesen Transit-Laden gar nich betreten. Ick also det Spielgeld wieder einjesteckt und vorbei an der Schlange, raus aus dem Laden. Die kieken alle, ick merke, wie ick janz rot werde. Rin in mein Auto und los.

Wat ein so ärgert, is, dass man in sein eigenet Land sone Art Bürger zweiter Klasse is. Man kann schon nirgendwohin fahrn. Wo man noch hinfahrn kann, bleibt ja bloß Bulgarien und Tschechoslowakei, da ärgert man sich ooch nur. Wenn die deutsch hörn, fragen sie: Ost oder West? Und sagst du: DDR, da winken die bloß müde ab: Ach, Brüder, Brüder! Da is keener dran interessiert.

Kommt noch soweit, dass ick als DDR-Bürger überhaupt froh sein kann, dass ick noch druff fahrn darf, uff der Transitautobahn. Ham sie die Parkplätze jetrennt. Wenn unsereener mal pinkeln muss, kann er in Wald jehn, sich den Hintern friern. Stücke weiter is der Transitparkplatz, schöne Häuser, Toiletten, kleiner Imbissraum, wiet sich jehört, sehr gepflegt, wie West. Aber unsereener kann in Wald pinkeln.

Wenn ick dem Jungen nu jesagt hätte, wie det wirklich jewesen is, da hätte der doch beede Oogen zujedrückt und ick wär mitn Zwanziger davon jekommen. Wenn ick ihm jesagt hätte, warum ick so uffs Gaspedal jetreten bin und wat mir so in Wut jebracht hat, een Ooge hätt er bestimmt zujedrückt, und ick wär mit een Stempel davon jekomm. Aber wo ick jemerkt habe, dass ick in die Falle jeraten bin, der Jedanke im Kopp, jetzt biste dran, da musst ick uff die Kacke haun. Wie der mir rechts ran jewinkt hat, ick also rechts ran und jehalten. Und der mit ne lässige Handbewegung: weiter vor fahren. Ick also een Stück weiter jefahrn. Und immer war et noch nich richtig, nochn Stücke weiter. Ick noch een Stücke weiter jefahrn. Der kommt ran, ick mach die Tür auf, steige aus, na und denn det Patta Patta, wa. Ick kiek mir den an. Ick hätte den umbringen können, kaltblütig hätt ick den ermorden können, ne Kugel in Kopp oder ein Messer in Bauch. Det muss der Junge natürlich jespürt haben. Ick mir also janz lässig gegen meine Autotür jelehnt und grand dame. Nu war der ooch nochn Stücke kleener, ick also ganz von oben. Dabei hätt ick mir im Nu mit dem verständigen können, aber nee, ick muss diese Nummer abziehn. Wenn ick doch sitzen jeblieben wäre und hätte zu ihm aufjesehn. Ick hätte still sein sollen, nischt sagen, gar nischt sagen, oder ick hätte ihm sagen sollen, wiet wirklich war. Aber nee, ick weiß nich, wat mit mir los war. Ick erzähl dem eine Jeschichte, wo ick selber nur jestaunt hab.

Der sagt ganz manierlich: Sie sind in die Geschwindigkeitskontrolle gekommen. Sie sind gestoppt worden mit 127 Stundenkilometer.

Ick sage darauf: Ja, der Wagen ist nicht in Ordnung. Er müsste spielend 140 fahren. Aber Sie sehen ja, 127, mehr bringt er nicht.

Soviel dürfen Sie hier nicht fahren, sagt er ordnungsgemäß.

Wissen Sie, sage ich, ich fahre nächste Woche in die Bundesrepublik, ich reise aus. Ich bin jetzt nur auf der Autobahn, um meinen Wagen zu testen. Wenn ich rüber geh, muß der in Ordnung sein.

Hier auf der Autobahn dürfen Sie aber nur 100 fahren.

Weiß ich, sage ich, aber wo kann ich den Wagen mal ausfahren, wenn nicht auf der Autobahn. Und bevor ich rübergeh ...

Da müssen Sie sich beim Ministerium des Innern eine Genehmigung holen für die Teststrecke.

Und wo bitte ist diese Teststrecke?

Ich bin nicht berechtigt, Ihnen darüber Auskunft zu erteilen, da müssen Sie sich ans Ministerium des Innern wenden. Sie bekommen drei Ordnungsverweise und eine Geldstrafe von zwanzig Mark.

Wir stehen wie zwei Kasperpuppen auf der Bühne eines Marionettentheaters und spielen unsere Rollen in einem blöden Stück.

Nu hab ick vier Stempel. Einen hatt ick schon. Da bin ick vor drei Monaten bei Gelb über die Kreuzung. Kam gleich ein Funkwagen hinter mir her. Haben Sie mir über die Verkehrsordnung belehrt, een Stempel und zehn Mark. Een Stempel is nich so schlimm, der gilt bloß drei Monate. Nächste Woche hätt ick den löschen lassen können. Aber nu vier, der erste zählt jetzt wieder mit, acht Monate. Bei fünf Stempel bin ick die Fahrerlaubnis los. Ick kann ja nu gar nich mehr fahrn, mit vier Stempel, da bin ick zu uffjeregt, da muss ick dauernd dran denken, dass ick nischt falsch mache, da kann ick mir nich mehr konzentrieren.

Wie der mir meine Fahrpapiere zurück gibt und sagt: Aufwiedersehen, und ick sage auch: Aufwiedersehen, da tut der mir eigentlich leid, und ick tu mir auch leid. Ick bin auch nich mehr wütend, ick ärgere mir auch nich mehr, ick bin nur irgendwie so traurig. Ick überlege mir, ob ick nich lieber wieder nach Hause fahre, einfach umdrehen und zurück fahren. Alles is uff eenmal so trist. Wozu muss ick nach Halle, in diese dreckige, verkommene Stadt. Juttas Arbeiten kenn ick, die Formen, die Glasuren, is wien Märchen, wenn man die ankiekt, weiß ick ja, kenn ick ja alles, dazu brauchte ick doch nich nach Halle zu fahrn, wo ick da nu ankomm mit die paar lumpigen Rosen, den Kopp unterm Arm und vier Stempel.

Und in Halle weiß ick nich Bescheid. Wenn ick jetzt wat verkehrt mache, bin ick jeliefert. Wie komm ick denn wieder nach Hause? Mit vier Stempel kann ick mir überhaupt nich mehr bewegen. Da sitz ick fest. Der Junge hat ja ooch völlig recht jehabt, mir drei Stempel zu geben. Warum hab ick ihm bloß diese blöde Geschichte erzählt?

Aber wenn ick diesem Polizisten jesagt hätte, wat mir so jeärgert hat und warum ick da vorbeijezogen bin an die Westschlitten, da hätte der mir ooch bloß kalt anjekiekt. Als son kleener Piesepampel, der bei Wind und Wetter uff der Straße rumhockt und Räuber und Gendarm spielt, da hat der, wenn er überhaupt een Auto hat, denn hat er een Trabant und damit kann er sowieso bloß 100 fahrn. Und im Intershop einkoofen kann der ooch nich. Wo soll er denn Westgeld herkriegen? Wenn er drüben Verwandte hätte, die ihm wat geben, wär er nich bei der Polizei.

Ick fahr weiter über die Autobahn. In der schräg stehenden Sonne liegt se wie ein goldenet Band vor mir. Ick seh den weiten Himmel, die Wolken. Dat Jedudel ausm Radio jeht mir uff die Nerven. Ick mach aus. Und denn fahr ick eben einfach bloß noch so.

MARIANNE VON DER MÜNZE

Wolln Sie nochmal wiederkommen, oder wolln Sie warten? Ick tu Ihre Sachen gleich rein, is bloß eine Trommel, die andre is kaputt. Soll ick Ihnen einen Kaffee machen? Könn Sie mit nach hinten kommen. Ick muß aber dauernd raus, besser Sie setzen sich hier vorne hin. Wat die Leute allet reinigen lassen wollen. Nu sehn Sie mal, zwischen die ganzen Pullover eene Wildlederjacke. Man muß uffpassen wien Luchs. Det müssen die Leute doch selber wissen, det so wat nich jeht. Wildlederjacke kostet ja alleene schon zwanzig Mark. Wenn die Jacke nu versaut wär, hätt ick det Theater, ick hätte sie nich rinmachen dürfen in die Trommel. Ick hätte uffpassen müssen. Moment mal.

79

Hallo? Hier Münzreinigung. Nee, Teppiche machen wir nich. Ick kann Ihnen aber die Adresse geben, wo Sie sich hinwenden können.

Also wissen Sie, ick bin jetzt soweit, daß ick am liebsten ein Ausreiseantrag stellen würde. Is gar nich wegen politisch, bloß wegen meine janzen privaten Probleme. Zu Ihnen kann ick ja darüber sprechen, ick rede sonst nich drüber. Ick hab nu wieder ein Bekannten. Direkt wohnt er nich bei mir, er hat seine eigene Wohnung, aber meistens is er doch bei mir. Ach, is nich das Richtige. Der denkt bloß an Essen. Det geht immerzu: Wann essen wir? Was essen wir denn heute? Der kocht dauernd. Sexuell is überhaupt nischt. Is ja nich, daß ick nu solche Ansprüche stelle, aber man möchte sich doch mal son bißchen kuscheln, bißchen Zärtlichkeit. Wissen Sie, ick komm in een ganz schiefes Licht. Dreimal die Woche kommt mein geschiedener Mann. Nu soll er doch bei seine Agathe bleiben. Zwei Jahre hab ick mir det anjeguckt, eh ick die Scheidung einjereicht habe. Soll er doch nu bei seine Agathe bleiben. Wat kommt er immer zu mir? Und der Dieter kommt ooch dauernd anjeloofen. Dabei hat er zwee Monate, nachdem ick mit ihm Schluß jemacht habe, jeheiratet. Und nu mein Bekannter in meine Wohnung. Die Leute müssen ja denken, ick bin ne janz tolle Schnecke. Und dabei is überhaupt nischt. Seit eenem Jahr is bei mir sexuell gar nischt. Moment mal.

Ja, stelln Sie hin. Vier Kilogramm, ne halbe Stunde. Können Sie noch wat erledigen. Aber bezahlen müssen Sie gleich. Zwölf Mark eine Trommel.

Also wissen Sie, neulich kommt ne Kundin, die sagt, sie muß dringend mit mir reden. Wir haben uns schon öfter unterhalten, die is ooch geschieden wie ick und hat een Bekannten, der wohnt bei ihr. Nu will sie det nich mehr, sie will den raus haben aus ihre Wohnung. Sie hat det Gefühl, der hat Weibergeschichten, aber sie kann ihm nischt beweisen. Nu dachte sie, daß ick über Dieter wat erfahren kann, der arbeitet mit ihrn Bekannten uff eene Arbeitsstelle. Kann ick aber nich. Wenn ick Dieter danach frage, erzählt der det seinem Kollegen doch gleich wieder. Und mit Dieter hab ick ja ooch Schluß jemacht, det ging nich mehr.

Der hat soviel jetrunken. Zwei Jahre hat er bei mir jewohnt. Ick hatte seine Eltern sehr gerne, die kamen immer und haben wat mitjebracht und warn froh, dat ick mich um ihn jekümmert habe. Ick hab die alten Leute wirklich sehr gerne, aber ick kann doch nich deswegen mein ganzes Leben mit son Kerl, der nich aufhört zu trinken. Ick hab soviel jeweint und seine Mutter auch, aber wat sollte ick denn machen? Er hat immer wieder allet einjesehn, saß bei mir uffn Teppich und wollte sich ändern und hat jeschworn. Und den nächsten Tag war allet vergessen. Det ging ja so nich mehr weiter. Ick hab ihm sein Koffer vor die Tür jestellt und nich mehr uffjemacht.

Die Frau wollte nu von mir wissen, wie man det macht, wenn man Schluß macht. Nu stelln Sie sich mal vor, die Frau is fünfundvierzig. Da muß sie doch Erfahrung haben. Wat kommt die da zu mir? Ick kann ihr nur sagen: Koffer vor die Tür stellen. Moment mal.

Nee, heute is nischt mehr. Morgen früh, acht Uhr dreißig. Soll ick Sie einschreiben? Sie können Ihre Sachen auch hierlassen und holen sie morgen im Laufe des Tages ab.

Also wissen Sie, ick überlege mir, ob ick ein Ausreiseantrag stelle. Is auch wegen mein Jungen. Der is jetzt im Wehrlager, nächstet Jahr kommt er in die Zehnte. Der wollte zur See, von klein an wollte der aufn Schiff. Is vielleicht, weil ick mit ihm jedes Jahr an die Ostsee jefahrn bin. Schon immer wollte der zur See. Dafür hat er sich anjestrengt inner Schule, gute Zensuren und in Sport. Hat sich die ganzen Jahre drauf vorbereitet. Nu hat er sich beworben bei der Handelsmarine und is abgelehnt. Ich konnte das gar nich verstehn, er hat alle Voraussetzungen, gute Zensuren, gesund, kräftig, sportlich. Ick also hin in die Wichertstraße. Das will ich doch mal wissen, wieso is der denn abgelehnt, das wolln wir doch mal sehen. Ick gleich durch zu dem, der wat zu sagen hat. Und da sagt der mir doch, mein Sohn hat Urkundenfälschung begangen und ick auch, denn ick hab den Fragebogen, den er ausjefüllt hat für seine Bewerbung, unterschrieben. Ick wußte gar nich, wat der da redet. Wir haben alle Fragen ehrlich beantwortet. Kontakte zu Verwandten oder Bekannten im kapitalistischen Ausland, sagt er, Sie haben auf diese Frage mit nein geantwortet. Sie haben aber doch Kontakte, Sie bekommen Briefe, Päckchen und Telefonanrufe aus der BRD, sagt er. Ick war platt. Die wissen ja allet. Wat sollte ick da sagen. Ick hab jesagt, wies is. Eine ehemalige Kollegin von mir is ganz legal rüber gegangen zu ihre Mutter, nach Bremen. Sie hat den Antrag gestellt, als die alte Frau erblindet is, und is ihr ooch ohne Schwierigkeiten jenehmigt worden. Sie hat mir manchmal geschrieben und zum Geburtstag ein Päckchen geschickt und ruft ab und zu an. Die is doch keine Verwandte von mir und keine Bekannte, die is eine ehemalige Kollegin. Das muß ich doch nich angeben, das hat mit mein Sohn doch überhaupt nischt zu tun. Ick hab dem Mann det so erzählt, wiet is. Da hat er mich gefragt, ob ick bereit wäre, den Kontakt aufzugeben. Natürlich bin ick dazu bereit. So wichtig is mir das nich, mein Sohn is mir wichtiger. Na gut, hat er gesagt, er wird det weiterleiten. Aber denn haben wir von Rostock nochmal ne Ablehnung jekriegt, und dass mein Sohn sich nich wieder zu bewerben braucht.

Mein geschiedener Mann sagt, ick soll ne Eingabe machen an Staatsrat. Aber mein Junge will det nich. Hat wohl ooch keen Sinn. Die wissen ja allet. Ick bin nämlich einmal nich zur Wahl gegangen. Mein geschiedener Mann auch nich. Aber det letzte Mal bin ick wieder hinjegangen. Ick kann mein Jungen doch nich allet verbaun. Der weiß nu nich, wat er werden soll. Ick hab ihm jesagt: Koch, da kannste später immer mal uffn Schiff. Aber der will det nich. Nu wollte er bei die Feuerwehr. Ick weeß nich warum. Wieder detselbe, abgelehnt. Bei der Feuerwehr hängt ooch die Sicherheit drin, weil die da überall rinkommen in die Gebäude und so. Der Bengel macht sich nu überhaupt keene Birne mehr.

Neulich war er abends inner Disko. Ick hab schon jeschlafen, wie er nach Hause kam. Morgens seh ick seine Turnschuh aufn Flur. Ick denke, wat is denn det, lauter dunkle Flecke drauf, wat hat der sich denn da auf seine Schuhe jeschmiert, Marmelade oder wat. Ick gucke mir det an, is Blut. Ick rein in sein Zimmer. Der schläft. Aber wie ick ihn sehe, is mir ganz schlecht jeworden. Det Gesicht grün und blau, der kann nich aus die Oogen kiecken. Ick mußte mir erstmal uff sein Bett setzen. Und denn hab ick ihn mir vorjenommen: Wat hast du jemacht? Nu weiß ick, der trinkt nich, raucht nich und prügeln tut er sich ooch nich. So nach und nach hab ick aus ihm rausjekriegt: Als die Disko aus war, is er nach Hause gegangen. Uff der Straße sind dreie, so sechzehn, hinter ihm her, eh bleib mal stehn und so. Hat er nich jemacht. Da haben sie ihn verhaun. Warn anjetrunken.

Ick sag: Steh auf. Ick gleich mit ihm zum Arzt. Nasenbein jebrochen. Bin ick sofort mit ihm zur Polizei und hab Anzeige erstattet. So wat geht doch nich. Der war sehr nett, der Polizeier, hat sich mit mein Jungen unterhalten, ihn gefragt, wat er werden will. Peter hat ihm allet erzählt. Da sagt der Polizeier: Na vielleicht kommste zu uns, überleg dir das mal. Ick hab nischt jesagt. Aber wo wir draußen warn, hab ick zu mein Jungen jesagt: Det kommt nich infrage, det fehlte mir grade noch, daß du bei die Polizei gehst.

Paar Tage später kam die Mutter von dem Sechzehnjährigen zu mir. Jeweent, ick soll die Anzeige zurücknehmen. Sie hat soviel Ärger zu Hause. Noch zwee kleene Kinder, und der Mann verhaut den Großen immer. Sie hat mir ja leid jetan, ick hab mitjeweent. Aber die Anzeige kann ick doch nich zurücknehmen. Ick hab ihr jesagt, gucken Sie mal, det geht doch nich, wat würden Sie denn sagen, wenn Ihr Junge wegen nischt auf der Straße zusammengeschlagen wird. Da würden Sie doch ooch wat unternehmen, nich. Da hat sie mir zujestimmt. Moment mal.

Sind Sie anjemeldet? Na gut, tun Sie alles in den Korb und wiegen Sie ab, vier Kilo. Halbe Stunde können Sie weg gehen. Nee, den Teddy kann ick Ihnen nich machen. Da kaufen Sie sich mal Waschbenzin und bürsten Sie den ab.

Also wissen Sie, wat die Leute allet jereinigt haben wollen. Hab ick mal jemacht, son Teddy. Da is der Kopp jeplatzt, und ick hatte die Trommel voll Späne. Kann ick nich machen.

Wissen Sie, eigentlich will ick nich weg hier. Ick hab ne schöne Wohnung, meine Arbeit, wo mir keener rinredet und ick weiß ja, drüben is det auch alles nich so. Wenn ick bloß wüßte, wat für meinen Jungen besser wär. Det is alles nur wegen meine ganz privaten Probleme.

DAS HAUS, IN DEM ICH WOHNE

Also, bekannt jeworden mit meine Hausgemein-schaft bin ick durch Frau Klotz, die wohnt oben vier Treppen. Ick hatte mit den Leuten hier im Haus nich viel zu tun. Die kennen sich alle schon wer weeß wie lange, und ick wohne erst drei Jah-re hier. Mit Frau Klotz bin ick zufällig im Haus-flur mal ins Gespräch jekommen, als ihre Tasche kaputt ging und die ganzen ollen Plünnen raus-jefallen sind, die sie zum An- und Verkauf brin-gen wollte. Ick hab jedacht, mir tritt n Pferd, wie ick seh, wat die da allet hat. Ein herrlichet dun-kelblauet Kleid, reine Seide, mit Spitzenkragen, Blusen, Handschuhe – mir gehn die Oogen über, wie ick det seh, wo ick doch so scharf bin uff sone Sachen. Ick trage nur so wat. Ick wer mir doch nich im Ex für teuret Geld det tiffige Zeug koofen, die nachjemachte Mode ausn fünfziger Jahren. Da seh ick doch zu, dass ick det original ufftreiben kann; ändere ick mir n bisschen und hat sich. Sogar Guiscard kiekt, wenn er kommt, wie modern ick anjezogen bin. Uff die Weise bin ick also mit Frau Klotz bekannt jeworden. Ick hab ihr alles abjekauft, und die war froh, dass sie sich im A & V nich anstellen mußte. Ick bin dann öfter zu ihr raufjegangen, weil sie noch mehr alte Plünnen hatte, und so hat sich det ergeben, dass wir uns näher jekommen sind und uns nich bloß über alte Sachen, sondern ooch über die Leute im Haus und unsere eigenen Schicksale ausjetauscht haben.

Herr Ziepke zum Beispiel – haben Sie mal Denver Clan gesehen? – also Herr Ziepke sieht jenauso aus wie der Chef von dieser Familie, der ältere Herr, der die blonde Frau hat, so sieht Herr Ziepke aus, bloß n bisschen kleiner. Herr Ziepke geht immer sehr elegant und piekfein angezogen, son teuren Wildledermantel mit echtem Pelzfutter, nich irgend so ein billiges Ding. Er hat wunderschönes graues Haar, volles Haar, in Wellen zurückgekämmt. Wirklich, ne gepflegte

Erscheinung. Bloß die Goldrandbrille! – Wie sie bei manchen Funktionären auf dem Kultursektor obligatorisch is, mit so leicht anjedunkelte Fensterscheiben. Und die Frau. – Die is ganz klein und ganz verkommen, die trinkt.

Ziepkes legen uns immer ihre Flaschen vor die Tür und ihr Neues Deutschland, damit Johannes det zum Altstoff bringt. Die haben noch nicht mitgekriegt, dass Johannes nu inzwischen nich mehr in dem Alter is, wo er Flaschen wegbringt. Die halten ihn immer noch fürn Jungpionier. Und sie riecht auch, sie riecht nach Schweiß. Wenn sie durchs Haus geht, Kohlen holen, die wohnen drei Treppen, dann kann man das ne halbe Stunde später noch riechen.

Wie ick nu im Laufe der Zeit mit Frau Klotz intimer jeworden bin, hab ick alles über Herrn Ziepke erfahren. Für Frau Klotz is Ziepke ein rotes Tuch, und sie regt sich sofort uff, wenn der Name Ziepke fällt. Alle Genossen im Haus regen sich auf, sagt Frau Klotz, wegen dem Genossen Ziepke.

Ick hatte manchmal drüber nachjedacht, wat der so von berufswegen macht, der Ziepke. Ick geh meistens sehr spät ins Bett und immer um zwei, so halb drei inner Nacht hörte ick ein Taxi vorfahren. Nu wollt ick mal wissen, wer um diese Zeit nach Hause kommt, und da hab ick durch mein Spion jeguckt. Herr Ziepke. Na, hab ick mir jedacht, vielleicht is er im Gaststättengewerbe tätig, Gaststättenleiter oder so wat. Im Hausbuch steht: Anrechtswerber. Die Gören uff der Straße, die Jungs, mit denen mein Johannes Fußball spielt, nennen ihn Staasiziepke. Also det hab ick meinem Jonny verboten, sone Ausdrücke zu benutzen, so wat macht man nich.

Nu hab ick aber von Frau Klotz jehört, dass det seine Richtigkeit hat mit der Staatssicherheit. Ziepke macht det hauptamtlich, det is sein Beruf. Und da liegt die Ungerechtigkeit. Wofür der bezahlt wird, det müssen die andern Genossen so nebenher machen, die ganze gesellschaftliche Arbeit im Wohngebiet nach Feierabend, wenn irgend wat is, die ganzen Agitationseinsätze, mit den Bürgern diskutieren, vor der Wahl und so. Ziepke hält sich raus. Ziepke geht abends Karten spielen, Skat, det is sein Leben, sein Hobby sozusagen. Dafür kriegt er ooch noch bezahlt und nich nur det. Das Geld für die Einsätze bekommt er als Spesen, und wat er gewinnt, kann er behalten. Das geht doch zu weit, sagt Frau Klotz, die andern Genossen müssen immer ran, da is nischt mit Hobby und so, nich mal Zeit zum Fernsehen abends. Und Genosse Ziepke liegt den ganzen Tag auf der faulen Haut, und abends geht er seinem Vergnügen nach. Wenn irgendwo ein Preisskat ausgeschrieben is, Ziepke is dabei. Und denn sagt er, det is seine gesellschaftliche Arbeit, er betreibt Meinungsforschung an der Basis. Die anderen können sich die Beene ausreißen. Det is doch ungerecht. Genosse Ziepke beteiligt sich an nischt, der drückt sich und hat als Entschuldigung: Nachteinsätze.

Die hätte mir det alles gar nich erzählen dürfen, die Frau Klotz. Ick nehme an, die hat kein, mit dem sie reden kann. Ihr Mann is son Hundertfuffzigprozentiger. Der is irgend wat bei der Bezirksleitung der Bauernpartei. Is ja nu man bloß ne Blockpartei, aber trotzdem, keine Westkontakte und so. Sie kommt aus'm bürgerlichen Elternhaus, und ihre Mutter hat ihr nie verziehn, dass sie diesen Mann geheiratet hat. Nu hat sie keen, mit dem sie sich mal aussprechen kann. Wenn die sich ne Jeanshose oder irgend wat im Intershop kooft, det darf ihr Mann nich wissen.

Und dass sie sich Westgeld eintauscht bei einem Taxifahrer, die arbeitet bei VEB Verkehrsbetriebe, davon darf der nie wat erfahren. Det muss einen ja ooch nerven, son dauerndet Heimlichjetue inner Ehe. Nee, det wär nischt für mich. Da kann ick mit mein Guiscard ja direkt glücklich sein. Der kommt selten und von weit her. Aber wenn er da is, sind wir uns sehr nahe, da is alles offen – die ganze Welt.

Zuerst, als Frau Klotz anfing von der Sache mit Frau Suskat, da is es mir kalt übern Rücken gelaufen und ick dachte, Nachtigall, ick hör dir trapsen. Die Suskat hatte nämlich ein Österreicher, einen von denen, die bei uns die neuen Hotels gebaut haben. Also da war wat los. Jedes Wochenende sind die hier mit ihre Autos vorjefahrn. Det war nich abjesichert, sagt Frau Klotz, die ganzen Ausländerkontakte. Und dabei hat sie mir so schweigend anjeguckt. Jetzt is es aber abjesichert, hat sie gesagt, Ziepke hat den Auftrag, zu überwachen, wer Ausländerbesuch kriegt. Det weiß sie von ihrem Mann.

Und ick weiß nu Bescheid, ick bin aufm Laufenden. Jedesmal, wenn Guiscard kommt, und wenns nur für zwei Tage is, pass ick auf, dass er ins Hausbuch einjetraqen wird. Nich dass ick noch fünfhundert Mark berappen muss. Ick schweige über alles, wat Frau Klotz mir erzählt. Ick weiß, sie braucht einen, mit dem sie reden kann. Ick höre zu und sage nischt.

Bloß wie ick det von Ziepke erfahren habe, da bin ick gleich zu Günter, det is mein geschiedener Mann, der sitzt oft in Kneipen rum mit seine Kumpel, spielen sie Skat. Na, da müssen die doch uffpassen, da müssen die doch druff achten, wat sie reden, wenn Ziepke zum Beispiel dabei is.

ISBN 3-359-00980-0

© 2000 Eulenspiegel · Das Neue Berlin
Verlagsgesellschaft mbH & Co. KG
Rosa-Luxemburg-Str. 39, 10178 Berlin
Umschlagentwurf: Lothar Reher
Druck und Bindung:
Wiener Verlag, Himberg